Enrico Hillyer Giglioli, Alberto Manzella

Iconografia dell'avifauna italica

Fascicolo 2, Tavole illustranti le specie di uccelli che trovansi in Italia

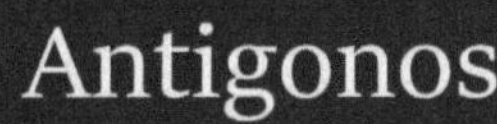

Antigonos

Enrico Hillyer Giglioli, Alberto Manzella

Iconografia dell'avifauna italica

Fascicolo 2, Tavole illustranti le specie di uccelli che trovansi in Italia

Ristampa immutata dell'edizione originale del 1879.

1ª edizione 2024 | ISBN: 978-3-38665-109-7

Antigonos Verlag è un marchio della Outlook Verlagsgesellschaft mbH.

Verlag (Editore): Outlook Verlag GmbH, Zeilweg 44, 60439 Frankfurt, Deutschland
Vertretungsberechtigt (Rappresentante autorizzato): E. Roepke, Zeilweg 44, 60439 Frankfurt, Deutschland
Druck (Tipografia): Libri Plureos GmbH, Friedensallee 273, 22763 Hamburg, Deutschland

ICONOGRAFIA
DELL'AVIFAUNA ITALICA

OVVERO

TAVOLE ILLUSTRANTI LE SPECIE DI UCCELLI CHE TROVANSI IN ITALIA

CON BREVI DESCRIZIONI E NOTE

TESTO

DEL DOTT. ENRICO HILLYER GIGLIOLI

PROF. ORD. DI ZOOLOGIA ED ANATOMIA COMPARATA DEGLI ANIMALI VERTEBRATI NEL R. ISTITUTO DI STUDI SUPERIORI DI FIRENZE.
MEMBRO DELLA SOCIETÀ ZOOLOGICA E DELL'UNIONE ORNITOLOGICA DI LONDRA ECC. ECC.

TAVOLE

DI ALBERTO MANZELLA

FASCICOLO II.

PRATO

(Toscana)

ALBERTO MANZELLA, PROPRIETARIO—EDITORE

1879

Proprietà Artistica e Letteraria

Fascicolo 2 (Giugno 1879).   *Prezzo L. 10.*

GHEPPIO

CERCHNEIS TINNUNCULA (Linn.)

Tinnunculus, seu *Cenchris,* Aldrov. Orn. I. p. 356. tab. 358, 359, 360. (1599-1603).

Falco tinnunculus, Linn. S. N. I. p. 127. (1766). — Temm. Man. d'Orn. I. p. 29. (1820). — Savi, Orn. Tosc. I. p. 45. (1827). — Degl. e Gerbe, Orn. Eur. I. p. 93 (1867). — Salvad. Faun. Ital. Ucc. p. 23. (1871). — Sharpe e Dresser, Birds Eur. part. II. (1871). — Savi, Orn. Ital. I. p. 172. (1873).

Gheppio di torre o *di fabbrica* (maschio); *Gheppio di grotta* o *di montagna* (femmina), Stor. degli Uccelli, tav. 51, 49, 50. (1767-1776).

Cerchneis tinnuncula, Boie, « Isis », 1828, p. 314. — Sharpe, Cat. Accip. B. M. I. p. 425. (1874).

Tinnunculus alaudarius, Gray, Gen. of Birds, I. p. 3. (1840). — Id. Handl. Gen. Sp. Birds, I. p. 22. (1869). — Brehm, Vita degli Anim. III. p. 451. (1869).

Crivèla *(Piem.)* — Falchett, Folchett, Falchett di campanei, Falchett da sarlode, Gavinel, Ganivell *(Lomb.)* — Gainel *(Bresc.)* — Falchcto *(Bass.)* — Astorela *(Bellun.)* — Storela *(Ven.)* — Falchet da torr o da passer *(Mod.)* — Scaviola *(Parm.)* — Falchett, Fotvent, Spacavent *(Romg.)* — Scriveo *(Nizz.)* — Farchetto, Crivella *(Gen.)* — Gheppio, Guglia *(Fir.)* — Acertello *(Sien.)* — Falchetto di torre *(Pisa, Roma)* — Cristarella *(Nap.)* — Cristaredda *(Otr.)* — Cristaredda, Tistaredda *(Sicil.)* — Cacciaventu *(Mess.)* — Cazzaventu *(Sirac.)* — Cernivientu *(Castrog.)* — Crivedda, Ticcia cristaredda *(Girg.)* — Cazzaventulu *(Cat.)* — Tilibricu zerpedderi, Tirulìo *(Sard.)* — Seker ahmar *(Malt.).*

Tornfalk (Sved.) — *Taarnfalk* (Dan.) — *Thurm-Falke* (Tedesc.) — *Kestrel* (Ingl.) — *Cresserelle* (Franc.) — *Francelho, Peneireiro* (Port.) — *Cerniculo, Primilla* (Spagn.)

Di tutti i nostri Uccelli di preda il Gheppio è senza dubbio il più conosciuto, giacchè quasi con certezza potrei dire che non havvi città in Italia che non ne possegga qualche paio, annidante e sedentario su di un campanile o di una torre; ove, secondo le località, convive con Civette, Storni, Rondoni o Taccole. Qui nella nostra Firenze uno dei punti prescelti da questo elegante Falchetto è appunto la superba cupola di Brunellesco, intorno alla cui mole imponente vedesi spesso volare emettendo quel suo grido acuto e singolare, che rammenta più il rumore metallico di un meccanismo che non la voce di un Uccello.

Come nelle altre specie del genere *Cerchneis,* il maschio si distingue dalla femmina non soltanto per le dimensioni minori, ma ancora pel colore delle piume che varia soltanto nell'intensità e nella macchiettatura a seconda dell'età; i giovani sono sempre più maculati.

Il maschio adulto ha il dorso e le spalle di color nocciòla vivo, sparso di macchie nere triangolari che variano secondo l'età nel numero e nella grossezza. La testa, il groppone e le penne della coda sono di color cenerino chiaro, lo stelo delle piume essendo nero, e nera pure è una larga fascia trasversale all'estremità delle timoniere, tutte però di un cenerino bianchiccio all'apice. La fronte e tutte le parti inferiori sono di color isabellino, con macchie nere più o meno lineari sul petto e lanceolate sull'addome e sui fianchi. Le gote sono di un cenerino chiaro e dalla parte anteriore dell'occhio scende da ciascun lato sul collo un baffo sottile, grigio scuro. Le remiganti sono bruno-nere con sottile orlatura bianchiccia e larghe macchie bianche sul vessillo interno; le cuopritrici inferiori dell'ala sono bianche con macchie nere lanceolate. Il becco è azzurro, nero alla punta, giallo alla base; il ceroma, le palpebre ed i piedi sono gialli; l'iride è bruna; le unghie sono nere.

La femmina ha la testa e la coda concolori col dorso che è di un color nocciòla meno vivo ed assai più macchiato di bruno-nero, le macchie formando serie trasversali. Il groppone e le timoniere sono lavati di cenerino. Le macchie sono più abbondanti e più grandi anche sulle parti inferiori. Nel primo abito i maschi rassomigliano alla femmina; la coda pel primo assume il color cenerino.

Vi sono in Africa ed in Asia delle varietà localizzate di questa specie, nelle quali i colori sono assai più intensi; alcuni Autori hanno distinto specificamente tali varietà. La estensione geografica del Gheppio è assai grande: comune in tutta l'Europa e nella maggior parte dell'Asia settentrionale e centrale, si estende all'Africa tropicale ed anche all'India. Da noi è specie stazionaria, ma nell'Europa d'oltre Alpe emigra nei mesi freddi, senza però fare in tutti i casi lunghi viaggi.

In alcuni paesi è gregario, come altre piccole specie di Falchi, e il Saunders lo vide a centinaia nelle città di Seviglia e Cordova in Ispagna volare intorno alle torri della Giralda e della Mezquita.

In Italia vive non solo nelle città ma ancora nelle campagne ove sono rovine, e nei monti rocciosi tra le rupi. Ben di rado annida sugli alberi, e preferisce i buchi di edifizii oppure i crepacci di rupi, ed il nido è più o meno accuratamente fabbricato secondo la località ove è posto; talvolta si appropria i nidi del Corvo o della Gazza. Le uova, quasi sferiche, sono da 4 a 6, di color bianco più o meno tinto di giallo-ocraceo e più o meno fittamente macchiato di rosso-bruno. I pulcini sono coperti da una fitta calugine bianco-gialliccia o cenerina.

Il Gheppio non è stato abitualmente ammaestrato per la Falconeria, ma il Bettoni asserisce che nel Bresciano lo si adopera per dare la caccia alle Lodole; più probabilmente, credo, come zimbello, a vece della Civetta, per attirare quegli uccelli. Si nutre abitualmente di piccoli mammiferi, sorci e pipistrelli, di piccoli uccelli, di rettili ed anche di insetti. Lo riterrei sempre un uccello assai più utile che nocivo; nell'Africa settentrionale poi, durante le terribili invasioni di Cavallette, il Gheppio rende notevoli servigi all'agricoltore distruggendone gran copia.

La nostra tavola rappresenta il maschio e la femmina adulti, presi in Toscana.

GHEPPIO, MAS. E FEM.
CERCHNEIS TINNUNCULA, (LINN.)

NOTTOLONE DEL DESERTO

CAPRIMULGUS AEGYPTIUS, Licht.

Caprimulgus aegyptius, Licht. Verz. Doubl. p. 59. (1823). — Gray, Handl. Gen. Sp. Birds, I. p. 56. (1869). — Heuglin, Ornit. Nordost-Afrika's, I. p. 127. (1869). — Shelley, Handb. Birds Egypt, p. 175. pl. 8. (1872). — Seebohm, « Ibis », 1877, p. 163. — Dresser, Birds Eur. parti LXI, LXII. (1877).

Caprimulgus isabellinus, Temm. Pl. Col. 379. (1825). — Adams, « Ibis », 1864, p. 13. — Allen, « Ibis », 1864, p. 236.— Brehm, Vita degli Anim. III. p. 700. (1869). — Shelley, « Ibis », 1871. p. 47.

Caprimulgus arenicolor, Severtz. « Ibis ». 1875, p. 491. — Id. Ibid. 1876, p. 190.

È la prima volta che questa specie caratteristica della Fauna del Deserto nella quale dominano in modo singolare le tinte isabelline, viene ad essere annoverata tra gli Uccelli avventizii italiani e deve considerarsi come uno dei più accidentali. Fu nell'ottobre del 1878 che trovandomi a visitare la piccola ma interessante collezione zoologica nel Museo della Università di La Valletta, Malta, notai tre Nottoloni di color isabella; sulle prime credetti che si trattasse di varietà isabelline del *Caprimulgus europaeus,* come era indicato sopra un cartellino attaccato ad uno dei tre esemplari, ma avendomi il dott. A. A. Caruana, segretario dell'Università, cortesissimo oltre ogni dire, aperto la vetrina, trovai che i suddetti Nottoloni differivano alquanto dalla nostra specie anche in altri caratteri e che uno portava scritto sopra una etichetta « *Caprimulgus ruficollis.* fem. » Ottenni appunto in cambio con altri rari uccelli, per la squisita cortesia del signor Rettore dott. Schembri, quell'esemplare, che ha servito per l'annessa tavola e per la seguente descrizione. Fu però soltanto al ritorno, e appunto a Napoli, che sfogliando l'opera del capitano G. E. Shelley sull'Avifauna dell'Egitto vidi una tavola rappresentante il *C. aegyptius,* e che mi accorsi di possedere quella specie e di dover fare un'aggiunta all'Avifauna Italica. Il dott. Caruana mi assicurò che tutti e tre gli esemplari erano stati presi a Malta e contemporaneamente; non seppe però precisarmi la data della loro cattura, ma disse che doveva essere nel 1876, in primavera: l'individuo che io ebbi, e che non differiva sostanzialmente dagli altri due rimasti nel Museo Maltese, risultò nella ripreparazione essere abbastanza fresco. Del resto un esemplare del *Caprimulgus aegyptius* è stato ucciso il 22 Giugno 1875 nell'isola di Heligoland (« *Ibis* », 1877, p. 163), località ben più discosta che non Malta dall'*habitat* ordinaria di questa specie e celebre fra gli Ornitologi per il numero straordinario di Uccelli avventizii, orientali, meridionali ed occidentali che vi sono stati catturati. Per quanto io sappia i due casi citati sono i soli noti della comparsa del *C. aegyptius* in Europa.

Non vi sarebbero differenze notevoli nel colore tra i due sessi; la diversità consistendo, negli adulti, in una larga macchia bianca apicale sulle timoniere esterne nel maschio; ma questa specie sembra presentare varietà locali pel colore e per le proporzioni, il che giustifica l'operato dell'ornitologo russo dott. N. Severtzoff, il quale dietro tali variazioni distinse specificamente col nome di *C. arenicolor* gli esemplari da lui raccolti nel Turkestan. L'individuo da me avuto e collocato nella Collezione Centrale degli Animali vertebrati Italiani nel R. Museo zoologico di Firenze col numero del catalogo ornitico 1044. e che sarebbe una femmina, offre i seguenti caratteri:

Tutte le piume sopra e sotto di un color isabellino chiaro, meno una macchia quasi triangolare bianca sulla gola; la tinta isabellina è più chiara sul ventre, sulle cuopritrici inferiori della coda e sulla pagina inferiore delle timoniere. Tutte le piume sopra e sotto sono finamente vermicolate di bruno-scuro; sulla testa. sul dorso e sulle spalle notansi poche macchie nere. lanceolate; sul petto e sull'addome le vermicolature tendono a segnare fasce trasversali. Le remiganti sono segnate da larghe fasce trasversali di un bruno-nerastro; sul vessillo esterno sono tinte di rossiccio e sul vessillo interno largamente macchiate di bianco. Le timoniere presentano da sei ad otto fasce nere trasversali sottili e sinuose. Becco e piedi cornei, iride bruna scurissima. I tarsi e le dita sono piuttosto robusti; le unghie logore e smussate. Lunghezza totale circa $0^m,260$: ala $0^m,190$: coda $0^m,125$; becco (culmine) $0^m,009$; tarso $0^m,020$; dito medio con unghia $0^m,023$.

L'area abitata da questa specie si estende dalla Nubia, dall'Egitto e probabilmente tutto il deserto Libico, ai deserti ad oriente del mar Caspio, al Turkestan ed al Balúcistán. Severtzoff la trovò abbondante sull'Oxus inferiore, più rara sul basso Syr (Iaxartes) e ne ebbe da Krasnovodsk sul Caspio, ma soltanto nell'estate. Heuglin trovò i nidi, contenenti due uova, più piccole, ma simili molto nel colore a quelle del *C. europaeus,* in depressioni sotto cespugli di *Acacia* nelle isole sabbiose del Dongolah (Nubia).

Intorno alle abitudini del *Caprimulgus aegyptius* ho ben poco da dire: saranno di certo non diverse da quelle delle specie congeneri. L'abito di questa specie forma per essa un mezzo di valida difesa, altro caso di « *mimichismo difensivo* », essendo perfettamente simile pel colore alle tinte predominanti del suolo nei deserti africani ed asiatici. Infatti il Shelley incontrò nel Marzo piccole compagnie di soli maschi nel Fayum, accovacciate sulla nuda sabbia, ove appena si distinguevano; egli dice inoltre che in primavera ed autunno s'incontrano nel Basso Egitto numerose compagnie del *C. aegyptius:* Heuglin aveva già asserito questo. ed aggiunge: « essi si alzano molto difficilmente e spesso si pongono a correre (direi a rotolare) distendendo in modo singolare la gola ed emettendo il loro curioso grido. Ne uccisi un giorno sei. tutte femmine, da uno stuolo di oltre cinquanta. »

La nostra tavola figura la femmina sopra citata con paesaggio maltese.

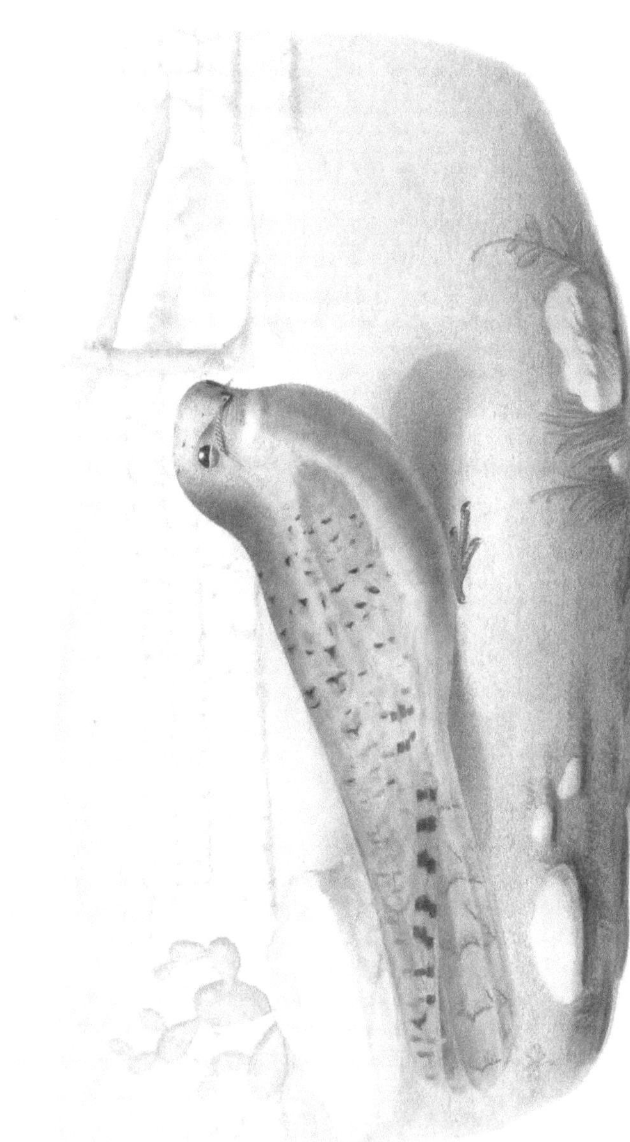

SPECIE LXVIII.
NOTTOLONE DEL DESERTO
CAPRIMULGUS AEGYPTIUS, Lich.

UBARA ASIATICA

HOUBARA MACQUEENI (J. E. Gray.)

? Otis marmorata, J. E. Gray, Ill. Ind. Zool. I. pl. 60. (1832).

Kragentrappe, Bechst. Orn. Taschenb. pl. 19. (1802). — Id. Naturg. Deut. III. p. 1451. (1809).

Otis houbara, Temm. Man. d'Orn. II. p. 509. (1820, part. nec Desf.). — Savi, Orn. Tosc. II.
    p. 221 (nota) error *O. Houbana* (1829, part. nec Desf.). — Naumann, Vög. Deutchl. VII.
    p. 66. pl. 170. (1834, nec Desf.). — Temm. Man. d'Orn. III. p. 344 (1835, part. nec Desf.). —
    Keys. e Blas. Wirbelt. Eur. pp. LXVII. 201. (1840, nec Desf.). — Diorio, Bull. Corr. Scient.
    Roma, anno XII. n. 21. (1860, nec Desf.).

Otis Macqueeni, J. E. Gray, Ill. Ind. Zool. II. pl. 17. (1835). — Tobias, Journ. f. Orn. 1853, p. 213. —
    Dubois, Journ. f. Orn. 1856, p. 301. pl. III. — Mechlenburg. Journ. f. Orn. 1857, p. 292. —
    Grävenitz, Journ. f. Orn. 1862, p. 457. — Dresser, Birds Eur. part. LIV. (1876).

Houbara Macqueeni, G. R. Gray, List B. Brit. Mus. III. p. 57. (1844). — Jerdon, Birds Ind. III.
    p. 612. (1864). — Degl. e Gerbe, Orn. Eur. II. p. 105. (1867). — Brehm, Vita degli Anim.
    IV. p. 574. (1870). — Gray, Handl. Gen. Sp. Birds, III. p. 9. (1871). — Savi, Orn. Ital. II.
    p. 280. (1875). — Blanford, East. Persia, II. p. 287. (1876).

Eupodotis Macqueeni, G. R. Gray, Gen. of B. III. p. 533. (1845).

Houbara undulata, Salvad. Faun. Ital. Ucc. p. 196. (1872, nec Jacq.). — Savi, Orn. Ital. II.
    p. 279. (1875, nec Jacq.).

Otis undulata, Dresser, Birds Eur. part. LIV. (1876, part. nec Jacq.).

Obarra (Sindhi) — *Tilaor* (Hindustani).

Dalla sinonimia, forse troppo abbondante, che ho dato, risulta chiaro come si sono spesse
volte confuse insieme le due specie di Ubara, cioè l'*H. undulata* propria all'Africa settentrionale con estensione alla Siria e forse all'Arabia, e l'*H. Macqueeni* propria all'Asia e più specialmente al Turkestan, alla Persia, al Balúcistán ed al Pungiab; e tale confusione si è poi principalmente fatta citando individui presi in Europa, ove entrambe le specie sono avventizie. Così
avvenne per i due individui catturati nei pressi di Roma alla fine del Novembre e nel Dicembre
del 1859, che prima il Diorio che li descrisse, poi il Salvadori che li citò ed infine il Dresser,
citando dal Salvadori, credettero fossero l'*H. undulata* mentre sono invece l'*H. Macqueeni.* Io
pure ero caduto nell'errore quando ottenni in cambio appunto l'individuo preso il 16 Dicembre 1859 al luogo detto « la Cisterna » nella tenuta della « Femmina morta », presso Roma, e
che è figurato nell'annessa tavola e descritto più sotto; e non fu che recentemente che mi accorsi
dello sbaglio. L'altro individuo, pure femmina, conservasi sempre nel Museo zoologico della
R. Università di Roma, ed è quello che apparteneva alla collezione del marchese M. Lezzani;
il quale non differisce dall'esemplare qui descritto. Tutte le Ubare prese finora nell'Europa centrale e settentrionale sembrano appartenere a questa specie, e sarebbero tredici: una a Kinton
(Lincolnshire) Inghilterra, il 7 Ottobre 1847, è nel Museo di York; una sull'isola Öland nel
Febbraio 1847; una presso Helsingfors il 19 Settembre 1861; una a Ilza (Polonia), nel Dicem-
bre 1860; una a Cottwitz (Breslau), nel Novembre 1800; una presso Baden; una presso
Frankfort sul Meno; una a Oberlausitz; una a Doberan nel Novembre 1847; una a Flensborg
(Schleswig), il 12 Novembre 1857; una presso a Zeyst (Olanda) il 10 Dicembre 1850, nel

Museo di Leida; una presso Virton (Belgio), nel Settembre 1842; una a Rotselär (Belgio), nel Dicembre 1844; ed una a Dieghem (Bruxelles), il 3 Dicembre 1845; inoltre lo Schinz ricorda Ubare uccise nella Svizzera, sulle quali non ho notizie precise. Due Ubare oltre quelle citate sarebbero state prese in Italia e riferite alla *H. undulata*, una a Siracusa citata da Doderlein (*Avifauna Mod. e Sicil.* p. 171) ed una a Malta, citata dal Wright (« *Ibis* », 1864, p. 140), presa circa il 1841 e certamente la stessa citata dallo Schembri (*Quadro Geogr. Orn.* p. 20); nell'Ottobre 1878 visitai il Museo di Siracusa e poi quello di Malta, ma non vidi alcuna Ubara, cosa che mi sorprese, onde nel dubbio posso ritenerle appartenere alla specie africana, almeno l'esemplare Siracusano venne così determinato dal signor H. Saunders (« *Ibis* », 1869, p. 397).

È notevolissimo che tutti i casi di cattura dell'*H. Macqueeni* assai al nord della sua area normale di diffusione, avvennero durante l'inverno e l'autunno, appunto quando la sua ordinaria migrazione la porterebbe al sud.

Col confronto assai meglio che da una minuziosa descrizione si rilevano le differenze tra le due specie: la *H. Macqueeni* è più piccola e più snella della sua congenere; ha le penne del ciuffo nerastre e quelle del gozzo azzurrine e non bianche; inoltre le macchie e vermicolature nere sul fondo isabellino del dorso offrono un'apparenza molto diversa nelle due specie. Ecco la descrizione sommaria dell'individuo femmina conservato nel Museo di Firenze (Cat. Vert. Ital. U. 682): Sommità della testa, davanti del collo e dorso di color isabellino chiaro, tutte le piume finamente vermicolate di nero, le vermicolature essendo più spesse e più ravvicinate in certi punti specialmente sul dorso, dando origine a macchie a disegno raggiato. Nuca e didietro del collo bianchicci con vermicolature nerastre specialmente in alto. Le piume della testa allungate sul vertice, alcune con larga macchia nera apicale. Gote isabelline con macchiette e linee nerastre. Gola e parti inferiori bianche, le piume essendo biaccose ed insudiciate di cenerino. Dai lati del collo partono penne allungate, nere in alto, variate di bianco in basso. Sui lati del petto alcune penne allungate, bianche tinte di cenerino; piume alla base del collo e sul gozzo di un cenerino azzurrognolo. Remiganti primarie bruno-nerastre all'apice, tinte di isabella rossiccio sul vessillo esterno e largamente macchiate di bianco sul vessillo interno; secondarie bruno-nerastre con apice bianchiccia. Timoniere color isabellino vivace, con cinque fasce trasversali sinuose di un cenerino ceruleo, interrotte su quelle mediane, e più o meno orlate di vermicolature nerastre; una sottile fascia sub-apicale nerastra. Cuopritrici inferiori dell'ala bianche, della coda biancastre, con sbarre trasversali nere. In questa specie la parte basale delle piume non è dappertutto di un rosso vinato come in altre Otarde e notevolmente nell'*O. tetrax*, ma più spesso di un giallo verdiccio con tinte rossastre. Alla base ed ai lati del becco vi sono alcune setole e piume setolose. Becco color corno colla base gialliccia; piedi giallicci, unghie color corno; iride gialla chiara. Lunghezza totale, circa 0^m, 670; becco al culmine 0^m, 034; ala 0^m, 378; coda 0^m, 200; tarsi 0^m, 086; dito medio con unghia 0^m, 034. Il maschio ha la cresta assai più allungata e le penne laterali del collo più ampie e più lunghe; così i baffi setolosi, e sarebbe pure un poco più grande.

L'asserzione che questi uccelli assumano la cresta ed il collare durante gli amori non sarebbe convalidata dall'individuo descritto, preso al principio dell'inverno. Il maschio corteggia la femmina come le altre Otarde, si gonfia, alza la coda, inclina la testa sul dorso alzando le penne lunghe del collo, ed assume le forme e le posture le più goffe. Il nido è un mero buco scavato nel suolo, le uova rassomigliano, dicesi, a quelle della *H. undulata;* il Newton (*Proc. Zool. Soc. London,* 1861, p. 397. tav. 39. f. 5) ne figura una, grigia con poche macchie nere e verdastre.

Le abitudini sono presso a poco quelle delle altre Otarde. Il Blanford trovò assai abbondante la *H. Macqueeni* in Persia; annida sull'altipiano settentrionale e sverna nelle pianure aride del mezzogiorno. Al dire di Jerdon quest'uccello fornisce la caccia prediletta ai Falconieri del Pungiab, come la specie sorella agli Sceik della Barberia; si adopera preferibilmente per questo l'*Hierofalco Saker* detto *Charragh* e spesso l'Ubara si salva cospergendo il Falco cogli escrementi fetidissimi. Il cibo di questa specie è di genere misto; il prof. Diorio rinvenne nello stomaco del soggetto da noi figurato i seguenti insetti: *Cetonia metallica, Geotrupes stercorarius, Chrysomela rugosa e Curculio sexcostatus,* oltre ad avanzi delle seguenti piante: *Apargia tuberosa, Carex praecox, Chondrilla iuncea, Euphorbia palustris, Myrtus communis, Asparagus acutifolius,* d'un *Oleaster* e d'un *Crataegus.*

La nostra tavola rappresenta la femmina citata ed un maschio in distanza.

UBARA ASIATICA

HOUBARA MACQUEENI (J. E. Gray)

POLLO SULTANO DI ALLEN

HYDRORNIA ALLENI (Thomson)

Gallinula Alleni, Thoms. Ann. and Mag. Nat. Hist. X, p. 204. (1842). — Schleg. Mus. P.-B. *Ralli* p. 38. (1865).

Porphyrio Alleni, G. R. Gray, Gen. of Birds, III. p. 598. pl. 162. (1849). — Bolle, Journ. f. Orn. 1858, p. 457. — Newton, « Ibis », 1863, p. 458. — Selys, « Ibis », 1870, p. 452. — Gray, Handl. Gen. Sp. Birds, III. p. 65. (1871). — Heuglin, Orn. Nordost-Afrika's, II. p. 1228. (1873). — Hartlaub, Vög. Madagascars, p. 346. (1877).

Gallinula mutabilis, Sundev. Oefvers. 1850, p. 132.

Hydrornia porphyrio, Hartlaub (ex Temm. nec Lath.), Journ. f. Orn. 1855, p. 357. — Id. Syst. Orn. W. Afr. p. 243. (1857). — Sharpe, « Ibis », 1870, p. 488.

Porphyrio minutus, Heuglin, Journ. f. Orn. 1863, p. 169.

Hydrornia Alleni, Salvad. Faun. Ital. Ucc. p. 233. (1872).

Porphyrio-Gallinula Alleni, Savi, Orn. Ital. II. p. 422. (1875).

Hisetrichia (Malgassi).

Questo leggiadro uccello, proprio della porzione tropicale dell'Africa, non è ammesso da tutti gli Ornitologi tra le specie avventizie dell'Europa, eppure *due volte* vi è stato indubbiamente preso, e per una singolarissima combinazione da scombussolare le più sapienti teorie sulle cause e leggi della emigrazione ornitica, tutte due le volte nei pressi di Lucca; e, ripetendo l'anomalia citata per la comparsa avventizia della *H. Macqueeni* in Europa, nell'autunno e nell'inverno! Pare che non sia mai stato osservato altrove in Europa e questo spiega forse, ma non scusa di certo, la reticenza inqualificabile degli Ornitologi d'oltr'Alpe ad accordare a questa specie un posto nell'Avifauna europea; neppure il Dresser, che davvero non si può accusare d'ostracismo in tal materia, l'ha inclusa nella sua opera assai comprensiva sugli Uccelli Europei. Come Italiano e come Ornitologo, una così ingiusta smentita data alla memoria di uno dei più illustri veterani della Ornitologia, cioè Paolo Savi, e ad uno dei più dotti ed attivi tra gli Ornitologi viventi, l'amico mio Tommaso Salvadori, mi ha profondamente indignato, e sono immensamente lieto di potere, presentandovi un *secondo* individuo dell'*Hydrornia Alleni* preso in Italia, dare una riconferma validissima di quanto dissero i Naturalisti citati, sul primo. Questo venne preso nei prati a marcite presso le mura di Lucca nell'autunno del 1857, ma nell'opera postuma del Savi (*Orn. Ital.* II. p. 423) per errore tipografico è stampato 1859; lo ebbe l'abbate Mezzetti, distinto Naturalista che lo destinò alla piccola, ma benemerita, collezione del R. Collegio di Lucca di cui egli era uno dei Direttori; ho detto benemerita perchè in quella collezione venne ricoverato poi il secondo individuo del raro Gallinulide e l'*unico* esemplare del *Coccyzus erythrophthalmus* preso in Italia. Da Lucca l'*Hydrornia* citata passò nel R. Museo Zoologico di Pisa, diretto allora dal Savi, ed ove il Salvadori, studente, la vide ancora fresca; era un giovane in abito molto simile a quello giovanile della comune Gallinella *(Rallus aquaticus)*. Il secondo individuo dell'*Hydrornia Alleni* preso in Italia, che descriverò più sotto e che è figurato nell'annessa tavola, fu preso nel padule di Massaciuccoli, nel Lucchese, il 20 dicembre 1874 dal conte G. Ottolini il quale lo donò al R. Collegio di Lucca dal cui Museo lo ebbi in cambio per estrema cortesia dell'abbate G. Massagli sullo scorcio del 1878; è attualmente uno dei più interessanti pezzi della ricca serie di Uccelli della Collezione Centrale dei Vertebrati Italiani, in cui porta il N° 1063 del catalogo ornitico. È un individuo quasi adulto, ma sventuratamente come nel primo caso non si pensò a constatarne il sesso; la sua splendida condizione preclude affatto la supposizione che possa essere fuggito di gabbia; d'altronde non ho mai veduto il nome di questa specie sulle liste di Uccelli importati viventi. Eccone la descrizione : Testa, groppone e coda di color nerastro; spalle e dorso di un verde olivastro che diventa vivace e quasi smeraldino, specialmente sotto certe incidenze di luce, sulle ali. Collo, petto e parti inferiori di un azzurro violaceo smorto. Quasi tutte le piume delle parti superiori sono leggermente marginate di lionato chiaro; tutte le piume delle parti inferiori pure con margine leggiero, bianco e più marcato sulla gola e sull'addome, verde olivastro o lionato sul collo e sul petto. Remiganti nere con vessillo esterno verde; cuopritrici inferiori dell'ala di color verde olivastro; piume del margine e dell'angolo alare di color azzurro chiaro; havvi uno sprone alare incospicuo ed ottuso. Cuopritrici inferiori della coda bianche largamente marginate di lionato. Placca frontale verde chiaro; becco rosso cupo; iride rossa; gambe e piedi di un rosso carnicino; unghie color corno, piuttosto lunghe ed acute, specialmente quella dell'alluce. Ebbi le notizie sui colori che svaniscono dall'abbate Massagli. Lunghezza totale 0ᵐ, 270; ala 0ᵐ, 145; coda 0ᵐ, 072; becco, culmine, compresa la placca frontale 0ᵐ, 037; tibia denudata 0ᵐ, 017; tarso 0ᵐ, 046; dito medio con unghia 0ᵐ, 059; alluce con unghia 0ᵐ, 032. Dalle dimensioni lo crederei una femmina. Per prendere il completo abito adulto bastava che perdesse le marginature chiare sotto e sopra acquistando maggiore intensità nelle tinte verdi del dorso ed azzurre delle parti inferiori. Ecco la descrizione che dà il Salvadori dell'individuo giovane esistente a Pisa: « Testa, collo, petto e ventre color nocciòla lionato; dorso bruno cupo coi margini delle piume color nocciòla; medie e grandi cuopritrici delle ali verdognole coi margini color lionato chiaro; piccole cuopritrici in parte verdi ed in parte turchine; lati dell'addome e tibie color azzurro-piombato; timoniere color bruno cupo, con larghi margini lionato-giallastri; remiganti bruno-nere; becco e piedi giallo-verdognoli (nella spoglia essiccata). Lungh. tot. 0ᵐ,210; ala 0ᵐ,145; becco dall'apice al margine posteriore della lamina frontale 0ᵐ,038; apertura del becco 0ᵐ,026, tarso 0ᵐ,048; dito medio con unghia 0ᵐ, 060; alluce con unghia 0ᵐ, 034. » Tra la descrizione data sopra e quella del Savi vi sono discrepanze, ma devesi ricordare che l'opera del Savi è postuma e che fu in parte scritta allorquando il venerando Zoologo aveva già sofferto in salute. Savi propose un nuovo termine generico per questa specie, cioè *Porphyrio-Gallinula,* non accettabile per diverse ragioni e specialmente perchè urta il sistema binomio della nomenclatura linneana; d'altronde il Savi ignorava la proposta del genere *Hydrornia* fatta da Hartlaub ben avanti; bisogna però convenire che il termine proposto da Savi esprime perfettamente la posizione e le affinità di questa specie.

Le abitudini dell'*Hydrornia Alleni* sono quelle della Gallinella e delle specie affini: frequenta i paduli e sta a preferenza nel più fitto dei canneti, delle giuncaie e dei papiri. Trovasi in tutta l'Africa tropicale, al Madagascar a Rodriguez, e debbo ancora rammentare che sarebbe dubbiosamente citata dall'isola di Madera da Harcourt (*Ann. May. Nat. Hist.* 1853, p. 438) e dalla Spagna da Brehm (*Journ. f. Orn.* 1871, p. 35).

La nostra tavola rappresenta l'esemplare conservato nel R. Museo Zoologico di Firenze ed in distanza quello esistente a Pisa.

POLLO SULTANO DI ALLEN
HYDRORNIA ALLENI, (Thompson)

VOLPÒCA

TADORNA CORNUTA (S. G. Gmel.).

Tadorna et *Vulpanser,* Aldrov. Orn. III. p. 195. tab. 237. (1599-1603).

Tadorna Belonii, Ray, Syn. Av. p. 140 (1713). — Degl. e Gerbe, Orn. Eur. II. p. 499. (1867). —
Savi, Orn. Ital. III. p. 30. (1876).

Anas tadorna, Briss. Orn. VI. p. 344, pl. 33. f. 2. (1760). — Linn. S. N. I. p. 195. (1766). —
Temm. Man. d'Orn. II. p. 833. (1820). — Savi, Orn. Tosc. III. p. 166. (1831).

Volpòca, o Tadorna, Stor. degli Uccelli, tav. 576. (1767-1776).

Anas cornuta, S. G. Gmel. Reise d. Russl. II. p. 185, pl. 18. (1774).

Tadorna familiaris, Boie, « Isis », 1822, p. 56.

Tadorna vulpanser, Flem. Hist. Brit. Anim. p. 122. (1828).

Vulpanser tadorna, Keys. e Blas. Wirbelt. Eur. p. 84. (1840). — Brehm, Vita degli Anim. IV.
p. 854. (1870).

Tadorna cornuta, Gray, Handl. Gen. Sp. Birds, III. p. 80. (1871). — Salvad. Faun. Ital. Ucc.
p. 256. (1872). — Dresser, Birds Eur. part. LXVIII. (1878).

Chérso *(Ven.)* — Belladonna *(Mod.)* — Canart d'ivèr *(Nizz.)* — Ciccalona *(Massa)* — Volpòca
(Tosc.) — Anatra francese *(Roma).* — Cruciata *(Sicil.)* — Cruciata *(Cat. Sir.)* — Anitra
rara *(Pal.)* — Anitra ianca *(Girg.)* — Anadiera *(Sard.)* — Culuvert ta Barbaria *(Malt.).*

Pegannka (Russ.) — *Kivisorsa* (Finn.) — *Grafand* (Sved.) — *Fagergaas* (Norveg.) — *Bergeend*
(Oland.) — *Brandente, Bergente, Hohlente* (Tedesc.) — *Sheldrake, Bargander* (Ingl.) —
Tadorne (Franc.) — *Pato-turro* (Spagn.).

Questa magnifica Anatra è più frequente in Italia di ciò che non credeva il Savi; da tre
anni che mi occupo di formare una collezione di Uccelli italiani ne ho vedute ed avute un
discreto numero, ma sembra abbondare più nelle saline di Barletta, nel Romano, nelle Valli
di Comacchio, nel Veneto ed in Sardegna. Nel Gennaio di quest'anno, ritornando da Roma,
e poco oltre Arezzo, ne vidi un branchetto posato in una pozzanghera a pochi passi dalla
ferrovia, nè si mossero pel rumore del treno. Salvadori dubita dell'asserzione del Cara, cioè
che la Volpòca annidi in Sardegna, ma nella prima metà del Maggio 1878 il marchese
M. Nerli, a cui la Collezione Italiana deve tanto, e l'esimio mio tassidermista signor Ric-
cardo Magnelli, ne videro a branchi all'isola di Mal di Ventre, costa occidentale di Sardegna;
ed inoltre ho quasi la prova che nel 1878 hanno nidificato nel padule di Massaciuccoli: al-

meno il 14 Agosto ricevetti da quella località, che pel mezzo gentile del conte Eugenio Minutoli ha dato tante belle specie al nostro Museo, un giovane dell'anno. È però generalmente da noi Uccello che capita nell'autunno e nell'inverno. Dall'Europa la *Tadorna cornuta,* si estende a tutta l'Asia, meno le parti più meridionali, ed in tutta l'Africa boreale.

Maschio adulto: Testa e parte superiore del collo verde cupo; parte basale del collo, petto, lati dell'addome e fianchi, parte mediana del dorso, groppone, coda, cuopritrici delle ali e tibie di un bianco puro. Scapolari e parte mediana dell'addome di un nero intenso, le piume interne delle scapolari brizzolate di bianco rossiccio, quelle anteriori dell'addome tinte di fulvo. Una larga fascia baio-rossa cinge il corpo dilatandosi sulla parte anteriore del dorso e del ventre. Remiganti nerastre; specchio alare verde bronzo, definito superiormente da una fascia castagna. Timoniere con apice nerastra, specialmente quelle mediane; sottocoda fulvo chiaro. Becco e protuberanza frontale rosso carmino; unghia del becco e macchia ovale intorno alle narici nero intenso. Piedi di un rosso carnicino, unghie nerastre. Iride bruna.

Femmina adulta: Un po' più piccola del maschio, ma similissima nella distribuzione dei colori che sono però tutti più smorti; la cintura è meno ampia ed il nero dell'addome manca oppure è appena accennato; manca affatto la protuberanza carnosa sulla fronte.

Giovani dell'anno: Fronte, gote, spazio intorno all'occhio, parte anteriore del collo, porzione inferiore del dorso, coda e tutte le parti inferiori bianche. Testa, didietro del collo e spalle di un bruno lavato di grigio; una fascia cenerina attraverso l'ala avanti lo specchio, ed una bianca dietro. Timoniere largamente macchiate di bruno grigiastro, specialmente quelle mediane. Becco giallastro, piedi bruni. Sono assai più piccoli degli adulti. È assolutamente falso l'asserto del Degland che i maschi non hanno la protuberanza frontale durante l'autunno ed inverno; questa specie non sembra assumere un abito nuziale. L'ala presenta un tubercolo ottuso.

La Volpòca annida in molte parti d'Europa, spesso in località assai lontane dall'acqua; sceglie sempre una buca, spesso la tana di Conigli, Volpi, Tassi o di altri animali scavatori, e sopra un morbido letto di piumino depone da 7 a 16 uova bianche, lisce, tinte leggermente di giallo o di verde. I pulcini sono coperti da una calugine fitta, nerastra sulla testa e parte mediana del dorso, altrove bianca. Ciò che è strano è il fatto attestato da Negelein, Naumann, Bekker e Lembke, che la Volpòca convive amichevolmente nel nido cogli abitatori primari della tana che ha occupato, sieno anche Volpi e Tassi; ho notato un fatto consimile sui *campos* dell'Uruguay, ove la Civetta scavatrice *(Athene cunicularia)* convive in tane con molti altri animali, incluso la Volpe di Azara. Va rammentato che all'epoca della riproduzione in alcune località la Volpòca, come altre Anatre, diventa semi-domestica, e si lascia avvicinare e persino toglier di sotto le uova senza spaventarsi; si è anche accoppiata con Anatre domestiche.

La Volpòca è principalmente fitofaga, ma non isdegna insetti, vermi e molluschi, e ne è prova l'individuo ucciso dal Thompson a Belfast nel Febbraio 1849, che aveva non meno di 20,000 piccoli molluschi in corpo *(Montacuta purpurea, Skenea depressa e Paludina muriatica).* Il Brehm nella sua bella opera dà ragguagli interessantissimi sulle abitudini di questa specie, citando le osservazioni del Bodinus.

La nostra tavola rappresenta il maschio e la femmina adulti ed il giovane dell'anno.

VOLPÒCA MAS. FEM. E GIOV.

TADORNA CORNUTA (S. G. Gm.)